Elsa Devernois et Michel Gay

A trois
on a moins froid

lutin poche de l'école des loisirs

11, rue de Sèvres, Paris 6e

C'est l'hiver, il fait très froid.
Et le chauffage ne marche plus
chez Kipic, le hérisson.
Comme il fait nuit, le dépanneur
ne pourra pas venir réparer
avant demain matin.

Mais soudain,
on frappe à la porte :
toc, toc. Kipic demande :
« Qui est là ? »
Une voix répond : « C'est moi,
ton voisin, Casse-Noisette,
l'écureuil ! Mon chauffage
ne marche plus. Je viens
te demander l'hospitalité
pour la nuit. »

Kipic lui répond : «Hélas, mon pauvre
Casse-Noisette, mon chauffage
ne marche pas non plus ! Moi aussi,
je voulais aller te voir pour passer la nuit
chez toi. Mais entre, tu es le bienvenu.
À deux, nous nous tiendrons chaud.»

Casse-Noisette et Kipic se blotissent
l'un contre l'autre. Mais lorsque Kipic
se met en boule pour dormir,

Casse-Noisette s'écrie : « Aïe, tu me piques !
Tes piquants entrent dans ma peau
et ça me fait très mal.»

Alors Kipic s'éloigne. Il va dormir plus loin.

Mais Casse-Noisette dit :
« Maintenant que tu es loin de moi, j'ai froid.
Mais quand tu es près de moi, tu me fais mal. »

Kipic répond : « Moi aussi, j'ai froid.
Comment allons-nous faire ? »

Casse-Noisette a une idée :
« Et si on allait chez Touffu, le lapin angora ? »

Ainsi, au beau milieu de la nuit...

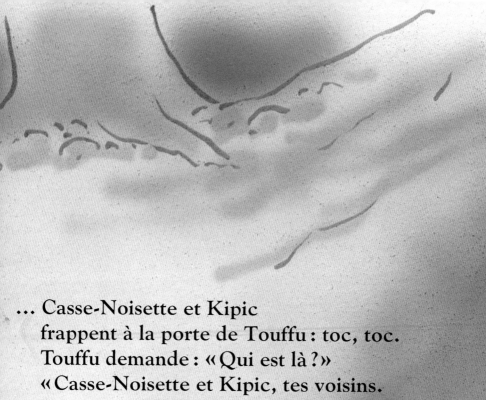

… Casse-Noisette et Kipic
frappent à la porte de Touffu : toc, toc.
Touffu demande : « Qui est là ? »
« Casse-Noisette et Kipic, tes voisins.
Nous avons froid. Pouvons-nous
nous réchauffer chez toi ? »
Touffu ouvre la porte et dit : « Hélas,
mes pauvres amis, moi je n'ai pas de chauffage. »
Kipic et Casse-Noisette sont bien étonnés.
Kipic demande alors : « Mais tu n'as pas froid ? »
Touffu répond : « Grâce à mes longs poils,
je n'ai jamais froid. Mais entrez, vous êtes
les bienvenus. À trois, nous pourrons
nous tenir chaud. »

Casse-Noisette lui explique que Kipic lui fait ma

avec ses piquants lorsqu'il dort à côté de lui.

Touffu dit : « J'ai une solution !
Je vais m'installer entre vous deux.
Comme ça, à trois,
nous nous tiendrons chaud.

Et grâce à mes longs poils

e ne sentirai pas les piquants de Kipic.»

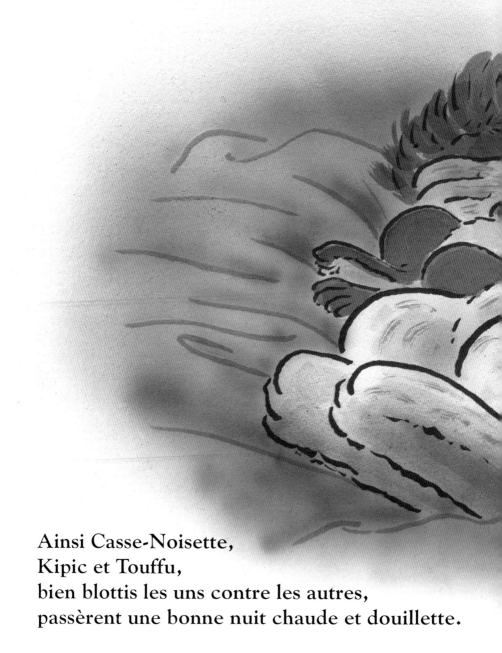

Ainsi Casse-Noisette,
Kipic et Touffu,
bien blottis les uns contre les autres,
passèrent une bonne nuit chaude et douillette.